Uma aventura de Dante, o elefante

O vírus do AMOR

Laurie Cohen & Nicolas Gouny
Tradução de Izabel Aleixo

Já há alguns dias,
Dante, o elefante, está com
um probleminha.
Alguma coisa borbulhante
revira em sua barriguinha.
É uma coisa muito estranha,
não identificada.

Dante, coitado, fica muito, muito vermelho. Gagueja, recita poemas, diz coisas muito engraçadas.

Mistura as palavras,
tropeça nos próprios pés.
A bicharada até acha
que ele ficou meio lelé.

Será que Dante está doente?
Talvez seja um vírus raro,
que veio de um país distante,
pulando de galho em galho.
Ou de uma pequena ilha,
do tamanho de um feijão,
perdida entre os oceanos,
muito, muito longe
de qualquer outra nação.

Dante, o elefante,
não pode mais esperar.
Vai depressa ao médico
para saber o que é que há.

– Toc, toc!
– Pode entrar!
Nossa, você está vermelhinho,
como um morango madurinho!
– É muito grave, doutor?

O doutor tenta ouvir o coração de Dante,
mas o estetoscópio é pequeno demais,
pois o grande Dante
não é do tamanho de uma rã.

– Tum, tum tum!
– Seu coração está batendo muito rápido!
– Estou preocupado, doutor...
– Acalme-se, vou examiná-lo.

De repente,
Lola, a elefantinha,
entra na sala.

Ela está linda
com seu laço
cor-de-rosa.

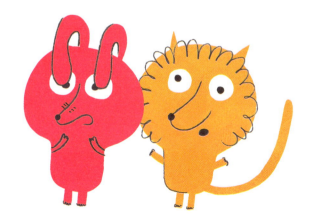

– Caramba, agora
seu coração disparou!
– se surpreende o doutor.

– O que é que eu tenho? É um vírus mortal?
Me diga, por favor. Ainda quero conhecer Salvador!!!

– Calma, calma, calma!
Mas que imaginação!
Você, meu amigo, com certeza é **hipocondríaco**!

– Hipo... o quê?? Ah... só me faltava essa!
Vou virar um hipopótamo??
Tenho medo de água, doutor!
Levei um banho de tromba quando era criança.

O doutor se
vira para Lola.
– Olá, Lola, venha
até aqui, por favor.

Quanto mais Lola chega perto,
mais vermelho Dante fica, diz um monte de bobagens
e não consegue falar direito...

– Ah, entendi, doutor! Acho que Lola é um vírus.
Ou sou alérgico a ela.

– Claro que não, Dante!
Você só está **apaixonado**, ora essa.

– Apai... o quê?
Ah... isso não é possível!
É mais um vírus da Indonésia?
Ou de outro lugar incrível?

Mas o doutor não responde mais.
Para não quebrar o encanto,
deixa Lola e Dante em paz.
Os dois estão doentinhos,
daquela doença que faz a gente
querer ficar bem juntinho.

É um dodói alegre
que deixa os dois maluquinhos,
mas terrivelmente alegrinhos.

Texto copyright © Laurie Cohen
Ilustrações copyright © Nicolas Gouny
Publicado na França em 2015 por © Éditions Frimousse, com o título "Une aventure de Jean l'éléphant. Le virus de l'amour".
Direitos de tradução negociados através da VeroK Agency, Barcelona, Espanha.
© 2021 Casa dos Mundos/LeYa Brasil
Direitos desta edição cedidos a Pingo de Ouro Editores.
Título original: Le virus de l'amour: une aventure de Jean l'éléphant

Todos os direitos reservados e protegidos pela Lei 9.610, de 19.02.1998.
É proibida a reprodução total ou parcial sem a expressa anuência da editora.

Editora executiva
Izabel Aleixo

Produção editorial
Carolina Vaz e Emanoelle Veloso

Diagramação e adaptação de capa
Filigrana

Dados Internacionais de Catalogação na Publicação (CIP)
Angélica Ilacqua CRB-8/7057

Cohen, Laurie
    O vírus do amor / Laurie Cohen; ilustrações de Nicolas Gouny; tradução de Izabel Aleixo. –- São Paulo: Pingo de Ouro, 2021.
    32 p.: il., color. (Uma aventura de Dante, o elefante)

ISBN 978-65-990838-9-1
Título original: Le virus de l'amour

1. Literatura infantojuvenil I. Título II. Gouny, Nicolas III. Aleixo, Izabel IV. Série

21-1341   CDD 028.5

Índices para catálogo sistemático:

1. Literatura infantil
2. Literatura infantojuvenil

Todos os direitos reservados à
PINGO DE OURO EDITORES
Av. Paulista, 1079 | 7º e 8º andar – Bela Vista
01310-200 – São Paulo – SP

LAURIE COHEN nasceu em Paris, na França, é apaixonada por poesia desde criança e já ganhou vários prêmios literários com seus poemas, um deles quando tinha apenas 14 anos. Escritora, poeta e roteirista de cinema, Laurie já publicou mais de trinta livros, inclusive outras aventuras de Dante, o elefante. Foi indicada a diversos prêmios e participou da seleção do Festival de Cannes em 2016 com o curta-metragem *Coulisses*.

NICOLAS GOUNY já teve muitos trabalhos, entre eles: tocador de triângulo, treinador de gatos, contrabandista de alcachofra, faroleiro, fazendeiro e testador de iogurte. Mas encontrou tempo também para ter três filhos, se formar em economia e literatura pela Sorbonne e ser editor de livros didáticos por dez anos. Em 2008, mudou-se com a família para uma cidade pequena e começou a ilustrar e escrever livros para o público infantil.